I0682827

QUINZE JOURS

EN

SARDAIGNE

SOUVENIR

D'UNE

EXPLORATION FORESTIÈRE

QUINZE JOURS EN SARDAIGNE

QUINZE JOURS EN SARDAIGNE

—

En rade de l'*Asinara*,
le 1er novembre 1873.

Nous voilà dans la position ridicule d'être en quarantaine; à l'ancre dans une anse de l'île de l'Asinara, privés de toute communication avec la terre et ne sachant pas ce qui se passe dans le monde. Jusqu'à Livourne, j'ai fait un voyage rapide et bon; mais avant-hier matin, le temps s'est montré

peu rassurant en vue d'un départ par mer : un ciel gris, des éclairs, des averses torrentielles et des nuages filant devant un vent violent; cependant, vers midi, le vent de *maestro* a balayé le ciel et tout a pris immédiatement une meilleure apparence. Nous nous embarquons donc à trois heures à bord de l'*Umbria*, petit, mais bon bateau à vapeur à roues.

Toute la soirée nous courons dans le canal entre la Corse et Elbe, marchant droit dans un fort vent de *maestro,* c'est-à-dire le cap juste sur le Sud. Dans le cours de la nuit, nous avons essuyé quelques coups de vent assez raides, mais ce n'est qu'hier matin, vers neuf heures, que les choses ont pris une tournure sérieuse. Nous étions alors par le travers de Porto Vecchio, en Corse, et à trois à quatre lieues au large; le vent fraîchissait de plus en plus. S'il n'y avait pas eu la quarantaine à faire, le capitaine aurait relâché à Porto Vecchio, mais il était pressé d'arriver pour se présenter devant Porto Torres et faire compter son temps avant la nuit de vendredi ; il s'est donc décidé à tenter le passage des Bouches de Bonifacio, quitte à virer de bord et à courir devant le vent à Liscia en Sardaigne, s'il devenait impossible d'enfiler le détroit.

Nous marchons lentement et laborieusement avec toute la pression dont la chaudière est capable et, petit à petit, nous sortons de l'abri de la Corse. En doublant le cap de Bonifacio, nous rencontrons une mer énorme qui arrive des vastes étendues au-delà du détroit, mais au bout de quelques heures de lutte, nous gagnons les eaux calmes du golfe et vers cinq heures nous nous amarrons à la bouée devant Porto Torres; un instant après, nous faisons route vers l'Asinara, qui est une île au Nord du golfe, à quinze milles de Porto Torres.

Nous voilà séquestrés, réduits à nos propres ressources et cela pour trois longs jours de vingt-quatre heures; heureusement il y a à bord une société agréable et peu d'encombrement : six passagers de première seulement.

On s'ennuie cependant considérablement dans une position pareille et on invente tout au monde pour faire passer le temps : la pêche à la ligne, des jeux de société, des promenades en bateau autour du navire; mais les grands événements de la journée sont, pour nous comme pour des malades, les repas ; avec quel plaisir on entend sonner le déjeûner et le dîner! On est, d'ailleurs, parfaitement nourri à bord, mais on n'y dort que médiocrement, car les lits ont trois grands défauts : ils sont courts, étroits et durs.

———

Sassari, 4 novembre 1873.

Débarqués hier soir à la tombée de la nuit à Porto Torres, qui est un port de mer très-insignifiant, nous sommes arrivés ici à sept heures en chemin de fer ; c'est une distance de vingt kilomètres.

Sassari est une ville de 35 mille habitants, située sur un plateau, à 200 mètres au-dessus du niveau de la mer, et entourée d'admirables plantations d'oliviers qui s'étendent à cinq ou six kilomètres à la ronde,

2

et forment une sorte d'oasis dans le désert de la Sardaigne.

Sassari est, sans contredit, la plus belle ville de l'île ; on pourrait s'y croire sur le continent, n'étaient les costumes étranges des paysans qui arrivent de l'intérieur, tous montés sur leurs jolis petits chevaux, les chiens sans maître qui vont par troupes dans les rues, les petits ânes de la taille de gros chiens qui portent l'eau jusqu'aux derniers étages des maisons et quelques autres usages complétement locaux.

———

Abba Santa, le 6 novembre 1873.

Ceux qui n'ont jamais été en Sardaigne, ceux même qui ont lu tout ce qui a été écrit sur l'île, ne peuvent avoir une juste idée de la beauté de tout ce qui est l'œuvre de la nature dans l'intérieur, ni de la laideur de tout ce qui est celle de l'homme. Des paysages admirables, des montagnes découpées plus fantastiquement que tout ce que j'ai vu sur le continent, et un climat insulaire, à l'air doux et humide, qui, réuni à un soleil plus méridional que celui de Naples, produit une végétation splendide et luxuriante dont l'Italie ne donne qu'une faible idée.

Point de rochers nus ici, excepté les derniers escarpements des hautes montagnes; partout une verdure qui frappe le voyageur peut-être plus qu'aucune autre particularité du pays.

Je suis sorti de Sassari avant-hier dans une petite voiture découverte, et pendant deux journées j'ai parcouru une lande absolument inculte et déserte, mais verdoyante comme une prairie. Des plaines à perte de vue, des collines coupées par de délicieux ravins et garnies de bouquets d'arbres ; c'était à se croire dans un parc anglais. De loin en loin, une masure habitée par des bergers, et quels sauvages pittoresques ! Mais pas un champ cultivé, excepté quelques lopins de terre autour de Bonannaro, de Torralba, de Macomer, les trois seuls villages ou réunions de quelques maisons qu'on rencontre sur tout ce vaste parcours.

La Sardaigne a une superficie de 2 millions 407 mille hectares, ce qui constitue un pays aussi étendu que la Hollande et presque égal à la Suisse. Sa population, qui était, dans les temps anciens, de deux millions, ne dépasse guère aujourd'hui cinq cents mille. On rencontre à chaque pas

les restes de la prospérité d'autrefois.
Aucun pays n'est plus riche en ruines
préhistoriques. En sortant de Sassari,
on passe à côté d'un vaste cimetière
d'une origine inconnue : ce sont de
grandes tombes taillées dans le roc
vif, un tuf blanc, très-facile à travailler. Plus loin, toutes les hauteurs
sont couronnées par des *Nuraghi*,
constructions cylopéennes en pierres
sèches qui existent par milliers sur
toute la surface de l'île. Elles consis-
tent en un mur d'enceinte formant
un ovale, et une tour centrale avec
quelques chambres à l'intérieur, le
tout ayant une longueur de dix à
trente mètres et une hauteur de trois
à vingt. Quelques-unes des pierres
employées dans les murs cubent
jusqu'à quatre mètres. On a trouvé
dans ces ruines des monnaies de Car-
thage et des images auxquelles on a

attribué une origine phénicienne, ce qui ferait remonter leur abandon à une époque antérieure à la domination romaine, qui commença sous Scipion, l'an 259 avant Jésus-Christ.

Torralba est le premier village sarde que j'ai vu de près. Figurez-vous des maisons espacées, bâties irrégulièrement, sans alignement, toutes à rez-de-chaussée seulement et ne formant qu'une chambre. Ces cabanes sont toutes très-proprement blanchies à la chaux, mais devant les portes il y a une profondeur inconnue d'une saleté sans nom. Dedans, il règne une confusion impossible à décrire : hommes, femmes, enfants, chiens, poules, cochons, tout vit ensemble-nuit et jour.

De Torralba à Macomer, même pays et même désert ; mais à Macomer, le paysage change. Ce village se trouve au bord de la chaîne de coteaux, ou terrains plus ou moins accidentés, qui réunit les montagnes de la Nurra et de la Gallura, c'est-à-dire les deux promontoires au Nord de l'île, à l'Ouest et à l'Est du golfe de l'Asinara; à partir de Macomer, le pays descend abruptement environ deux cents mètres, et le voyageur a devant lui la plaine à perte de vue qui s'étend sans interruption jusqu'à Oristano et Cagliari. Rien n'est plus frappant que ce coup-d'œil sur un pays abandonné, sur cette prairie verdoyante et naturelle se perdant dans l'horizon vers le Midi, bornée à l'Est par les admirables escarpements de la Barbagia, de l'Ogliastra, du Ginnargentu.

C'est bien la *Sardinia ferax* qu'Horace a chantée, qui était une fois le grenier de Rome, et qui n'attend pour le redevenir que des bras et le drainage.

Abba Santa est un misérable hameau au milieu de la plaine marécageuse. Les maisons sont bâties à droite et à gauche au hasard, l'eau séjourne en flaques devant les portes, et les habitants portent presque tous l'empreinte de la fièvre des marais, le fléau de la Sardaigne. Les enfants sardes sont magnifiques, roses et joufflus jusqu'à l'âge de sept ou huit ans, mais plus tard ils deviennent maigres et jaunes, marqués du sceau de la *malaria* et il en meurt une proportion effrayante.

Ici nous allons quitter la grande route et pénétrer dans les montagnes, dans la région où il n'y a plus d'auberges et où l'on descend chez le premier venu ; c'est le vrai moyen de connaître un pays et ses habitants.

Sorgono, le 8 novembre 1873.

Me voici voyageant à cheval à travers champs ou plutôt à travers des coteaux incultes, mais richement boisés de lentisques, d'arbousiers et de myrtes. C'est le moment de vous entretenir des mœurs et de la langue du pays. Parlons aujourd'hui de la langue, à demain les mœurs.

En Sardaigne, comme partout d'ailleurs, la langue est le résultat de l'histoire du pays et en porte l'empreinte. Or, il y a fort peu de pays au monde qui aient appartenu tour à tour à autant de maîtres différents. Cinq cents ans avant Jésus-Christ, les Carthaginois refoulent les indigènes dans l'intérieur et s'établissent sur les côtes ; trois cents ans plus tard, les Romains rendent la pareille aux Carthaginois ; au septième siècle, le

3

christianisme a pénétré dans l'ile et la souveraineté en est réclamée par les papes. Mais les Arabes et les Sarrasins dévastent la côte et persécutent les habitants à un tel point, que Jean XVIII prêche une croisade contre eux, l'an 1004, et offre la possession de l'ile à celui qui réussirait à en expulser les infidèles. Les républiques de Gênes et de Pise acceptent la tâche, anéantissent les Maures et se font la guerre entre elles pour savoir qui aurait la prime. Les Pisans remportent la victoire, et voilà la Sardaigne une dépendance de la république de Pise. Mais la curie romaine, qui n'avait jamais entendu se dessaisir sérieusement de la souveraineté de l'ile, se brouille avec Pise, en 1320, sous le pontificat de Jean XXII, et se hâte de faire don de la Sardaigne à la couronne d'Aragon.

Ceci amena naturellement une guerre longue et sanglante entre Pise et l'Espagne; mais il fut finalement décidé, en 1481, que la Sardaigne ferait partie du royaume d'Aragon et d'Espagne. A la suite de la guerre de succession entre l'Autriche et l'Espagne, après la mort de Charles II, la Sardaigne fut adjugée à l'Autriche, par le traité d'Utrecht de 1714. Enfin, en 1720, l'empereur Charles VI l'échangea contre la Sicile avec Victor-Amédée II de Savoie, qui prit alors le titre de roi de Sardaigne.

Cette succession de drapeaux différents, chacun apportant une langue officielle nouvelle; ces changements continuels dans la direction de la chose publique, ne pouvaient manquer de laisser leurs traces dans les mœurs et le langage des habitants, en même temps qu'ils paralysaient tout progrès matériel ou moral, et faisaient d'une contrée riche et fertile le pays désert et malheureux que je parcours.

Le fait est que les gouvernements qui ont régi la Sardaigne autrefois ne l'ont jamais considérée comme une partie de la nation qu'il était de leur devoir de développer et de favoriser, mais plutôt comme une possession étrangère qui ne leur appartenait que pour être exploitée. Depuis un siècle et demi que l'île est sous le sceptre de la maison de Savoie, il n'y a eu une amélioration sensible dans la direction des choses que pendant ces dernières années. En 1848, la promulgation du Statut dans les anciens Etats Sardes a apporté la liberté à la Sardaigne avec la presse libre et le gouvernement représentatif, les seuls vrais interprètes des besoins d'un pays. Mais de 1848 à 1870, l'Italie a eu trop à faire sur le continent pour s'occuper d'une île au milieu de la Méditerranée, dont on avait oublié presque l'existence; et lorsqu'un habitant de cette île osait faire entendre sa voix pour réclamer l'attention et la bienveillance du gouvernement, il y avait toujours une autre province plus influente et plus connue qui avait les mêmes besoins et qui les obtenait au lieu de la Sardaigne. La Sardaigne avait besoin de routes; — et les provinces napolitaines? La Sardaigne n'avait pas un kilomètre de chemin de fer; — et la Sicile, cette enfant gâtée des gouvernants? La Sardaigne avait des plaines malsaines qu'il fallait assainir; — et les Maremmes toscanes? et les marais pontins? c'était autrement important.

La Sardaigne avait besoin d'une bonne loi forestière qui empêchât le déboisement excessif; — mais les provinces continentales n'avaient-elles pas besoin d'une révision de leurs diverses législations à cet égard? Et les Sardes attendent encore que les continentaux soient d'accord entre eux.

Cependant, la commission d'enquête envoyée dans l'île par la Chambre des députés en 1868 a été d'une grande utilité en attirant l'attention, par la publicité et la discussion, sur l'état d'abandon du pays et sur les richesses qu'il serait possible d'y développer. Aujourd'hui, le réseau des grandes routes de première classe est à peu près achevé; plus de cent kilomètres de chemin de fer sont ouverts au public et il y en a autant en construction, chose qu'une autre île, — sœur de la Sardaigne, — ne possède pas, quoiqu'elle ait toujours été la favorite d'un gouvernement qui n'a jamais hésité à se proclamer supérieur à tous les autres. L'instruction publique fait des progrès, les écoles se multiplient et sont bien fréquentées ; cependant il y a encore un nombre désolant d'illettrés ; il y a beaucoup d'endroits dans l'intérieur où on a de la peine à trouver un homme qui sache écrire son nom pour en faire le maire du village.

Mais retournons au dialecte.

Avec l'exception d'Alghero, — port de l'Ouest dont la langue est encore l'espagnol, — on parle, dans toute la Sardaigne, un patois qui est un singulier mélange de latin et d'espagnol avec quelques éléments indigènes.

Ce dialecte, qui se modifie légèrement de région en région, est, peut-être, surtout dans le Midi et dans les montagnes qui environnent le Ginnargentu, le langage moderne qui se rapproche le plus du latin.

Il est même possible de former des phrases entières qui sont complètement latines; ainsi : *Nos zumus in domu, — Deus est in chelu,* n'ont pas besoin de traduction pour quiconque sait le latin.

Les mots latins commençant en *c* suivi d'une diphtongue, prennent en sarde le son dur. Il y a, peut-être, là une trace de la prononciation ancienne. Ainsi *cœlum* devient *chelu,* prononcez : *kèlou.*

Un poëte sarde, l'abbé Madao, a fait des vers en ne se servant que de mots et locutions qui appartiennent en même temps au sarde et au latin. Son poëme de la *Divina Providentia* est écrit, par conséquent, dans les deux langues à la fois. En voici un échantillon : c'est plus curieux que beau :

O fragiles creaturas, et errantes !
O tempus breve ! o humanas mutationes !
Bene et male operamus inconstantes,
Ruimus, et vitamus occasiones ;
Teneros nos sentimus, et amantes
Duros etiam, ingratos. O passiones !
Libera nos, o Deus, cum clementia,
Et clamores intende cum patientia.

Mais la langue est moins latine que cela dès qu'on ne cherche pas à dessein à latiniser. Le langage ordinaire a même une forte teinture d'espagnol, témoin ces deux proverbes :

Z'homine de paga impita, abbaidadilu a caddu, — ce qui veut dire que l'homme de peu de valeur se reconnaît à cheval.

Cum Deus et cum zu Re, pagas paraulas, — avec Dieu et avec le roi, peu de paroles.

Enfin, voici un fragment d'un chant populaire qui est une prière pour demander de l'eau en temps de sécheresse. Tout latiniste comprendra, dès qu'on lui dit qu'*abba* veut dire *eau* :

Abba Deus imploramus,
Et abba Deus pedimus,
Pro z'abba Deus pianghimus,
Et pro z'abba zuspiramus,
Cum zas abbas ch'ispettamus
Zas terras fertilitade.

L'article défini sarde, *zu*, *za*, vient du pronom latin *ipsum*, *ipsa*; l'*i* d'euphonie qu'on introduit lorsque l'article est précédé de certaines consonnes n'est qu'une réminiscence de la racine; exemple : *Tres cosas zunt reversas in zu mundu : z'arveghe, z'ainu et iza femina.* — Trois choses sont obstinées dans le monde : la brebis, l'âne et la femme.

Ovodda, le 9 novembre 1873.

Rien dans les mœurs de l'île de Sardaigne ne frappe le voyageur étranger plus que l'hospitalité cordiale qu'on rencontre partout. Dans ces villages isolés, il n'y a rien qui ressemble à une auberge ni même à un cabaret; le voyageur descend chez ses connaissances, chez le premier venu s'il n'en a pas. Immédiatement tous se mettent en quatre pour le servir et pour lui offrir le peu qu'ils ont. On allume un grand feu sur le plancher de terre au milieu de la cuisine, qui est une pièce très-élevée, mais sans aucune issue pour la fumée; on tue un cochon de lait, qui, dans quelques minutes, est rôti et servi, et on lui prépare le meilleur lit dont on dispose, à défaut un paillasson auprès du feu.

Le Sarde est d'un naturel doux et affectueux, mais il est d'une grande susceptibilité et peu disposé à la confiance, comme quelqu'un qui a été longtemps et beaucoup berné. C'est le résultat de l'histoire de sa patrie. Les guerres qui ont ravagé l'île autrefois, les *vendette* implacables qui ont existé de famille à famille, de tribu à tribu, ont, pour ainsi dire, consacré dans les mœurs du pays la méfiance et l'habitude d'être toujours armé. Quiconque se propose de s'éloigner de son village prend un pistolet à la ceinture ou un fusil en bandoulière ; les bergers gardent leurs troupeaux le sabre à la ceinture. Figurez-vous une vingtaine ou une trentaine d'hommes traversant les landes, montés sur d'excellents chevaux de demi taille, avec des guêtres de drap noir, des pantalons de toile flottants, un caban noir à capuchon toujours sur la tête, chacun portant son fusil horizontalement sur le pommeau de sa selle, et vous aurez une idée du paysan sarde qui se rend au travail.

Le Sarde est plus religieux que papiste. Il croit en Dieu et en parle souvent, mais il s'occupe peu de la Vierge et des saints. Le libéralisme politique et social est largement répandu ; il y a peu de cléricaux proprement dits et peu de prêtres. D'ailleurs, l'insuffisance de la population et la facilité que l'espace illimité offre à chacun de gagner sa vie, ne favorisent pas le séminaire ; c'est dans les pays à population superflue que la prêtrise trouve le plus facilement ses recrues. Par la même raison, il y a peu de pauvres ; je n'ai pas rencontré un mendiant dans toute l'île.

Le Sarde est extrêmement patriote. Il a le sentiment de l'infériorité et de l'abandon de son pays, mais il n'aime pas que l'étranger les lui reproche. Parlez-lui de la beauté de l'île et du climat, suggérez-lui les cultures étrangères qu'il serait possible d'y introduire, déplorez même avec lui les vastes étendues de terrains incultes, le manque d'initiative et la population insuffisante, mais en ayant soin de faire incomber la faute de tout cela à d'autres qu'aux Sardes, et vous en ferez votre ami ; mais gardez-vous de lui parler de colonisation étrangère et gare à vous si vous vous aventurez à lui donner à entendre que *za Zardinia non est zu paradisu in terra.*

La Sardaigne est, en effet, une sorte d'Eden dans lequel le mal s'est introduit sous la forme d'un miasme subtil, insaisissable, qui plane sur les terrains bas et que le vent transporte, comme un messager de mort, jusque dans les localités les plus élevées et les plus saines par leur nature.

Le sol des plaines est resté inculte pendant des siècles ; les débris de la végétation spontanée, s'accumulant de génération en génération, se sont corrompus et, sous l'influence d'un soleil ardent, ils répandent aux alentours la maladie et la mort :

Hinc hominum, pecudumque lues, hinc pestifer aer.

On a beaucoup écrit sur la *malaria* de la Sardaigne, et les uns en ont exagéré, d'autres en ont atténué l'importance. Le fait est qu'à l'exception d'Oristano, de Tortoli et de quelques autres localités, les fièvres intermittentes sont plutôt bénignes et les pernicieuses rares; mais il n'en est pas moins vrai que cette insalubrité du climat, qui rend les travaux de l'agriculture impossibles pendant l'été, a frappé, comme une malédiction, le sol d'improductivité et la population d'inertie. Les ouvriers piémontais, lucquois et autres qui se rendent en Sardaigne par milliers pour travailler aux mines de plomb et à la construction des chemins de fer, ont tous soin de quitter l'île avant les fortes chaleurs de l'été pour n'y retourner qu'en novembre.

———

Ortueri, le 12 novembre 1873.

J'ai parcouru ces jours-ci les forêts de chênes blancs et verts qui garnissent les montagnes du Ginnarentu, dont le point culminant, la sommité la plus élevée de l'île, atteint une hauteur d'environ mille huit cents mètres au-dessus du niveau de la mer. Je n'avais jamais vu des bois de chêne de cette taille ; ce sont des forêts complètement vierges habitées par le sanglier, le cerf et le mouflon, c'est-à-dire l'animal qui, par la domestication, a donné le mouton. On voit là des arbres d'une grosseur et d'un développement dont il est difficile de donner une idée ; des clématites et autres lianes, dont la tige est presque aussi grosse que le tronc du chêne qui les soutient, pendent parmi les branches, s'entrelacent et forment des fourrés impénétrables à l'homme. Les habitants des quelques hameaux qui existent dans cette région élevée ont un type qui tient à la fois de l'Arabe et du Peau-Rouge. La peau cuivrée, jaunie par la fièvre, de longs cheveux noirs et bouclés tombant autour de la figure et sur les épaules, un vaste bonnet noir retombant en arrière, une veste rouge sans manches sur une chemise bizarrement coupée, un gilet noir qui devient en bas une jupe descendant à la moitié des cuisses, de larges pantalons de toile et des guêtres noires jusqu'au genou; ils ont les poses pittoresques et les gestes expressifs des peuples sauvages. Les femmes, qui sont, en général, belles, au teint clair et bien faites, portent un costume non moins remarquable : un mouchoir de couleur autour de la tête, une chemise blanche ample, à manches flottantes, un corset noir ou de couleur, lacé par devant et souvent orné de broderies d'or ou d'argent, une jupe à couleurs voyantes, souvent rouge, formée d'un morceau d'étoffe carré qu'on roule fortement autour du corps sous la ceinture et qui descend droit jusqu'aux pieds nus.

En rentrant hier soir à Ortueri, il nous est arrivé une aventure ridicule qui donne une idée des contre-temps dont le voyageur peut être l'objet dans des pays comme celui-ci. La nuit nous a surpris dans une admirable forêt de chênes-verts, où il y a une rivière qu'il faut passer à gué. Il pleuvait à verse quand nous descendions dans le ravin et, sous l'ombre des chênes touffus, on ne distinguait absolument rien ; mais la jument de X, habituée à parcourir le sentier, était en avant et nous guidait parfaitement. A un moment donné, une liane épineuse enlève à X son chapeau; il descend de cheval pour le chercher, et il remonte en

sellé; mais la jument s'étant retour-
née ne retrouve plus le chemin.
Nous sommes dans un fourré d'épines. Chacun met pied à terre et
cherche à tâtons, mais on ne rencontre que des obstacles. Nous avions
trois boîtes d'allumettes, et pendant
plus d'une heure nous cherchons
une issue, en tenant des allumettes
sous un parapluie, mais en vain. A
un moment donné, nous avons couru,
X et moi, un vrai danger. Il cher-
chait le passage à tâtons et je sui-
vais, conduisant deux chevaux. J'en-
tends une chûte et la voix de X, qui
paraissait venir de dessous terre, di-
sant qu'il était tombé dans un préci-
pice. Une allumette allumée par
quelqu'un éclaire momentanément
la situation, et je me vois au bord
d'un trou profond creusé par les eaux
au pied d'un arbre; X était dedans,

sur son dos, dans l'eau, et je ne pouvais m'empêcher d'y tomber aussi; mais, avant de descendre, j'ai eu le temps de lancer un coup de poing aux deux chevaux pour les envoyer en arrière, après quoi j'ai roulé sur le corps gros et gras de X. Il m'a pris pour sa jument; je l'ai rassuré et nous sommes sortis de là au plus vite à travers pierres et épines. Nous avons compris alors qu'il n'y avait qu'à rester où nous étions jusqu'à ce qu'il se fît une éclaircie ou que la lune se levât à minuit, et il pouvait être sept heures. Il pleuvait à torrents, la rivière mugissait à côté et le terrain ruisselait sous nos pieds. Chacun s'est arrangé comme il a pu: les uns se livraient à des lamentations, d'autres à des imprécations; pour ma part, j'ai compris que le plus grand danger que nous courions était celui de passer la nuit à la pluie et à jeùn, détail désagréable, d'autant plus que nous avions faim et que nous savions que le cochon de lait nous attendait tout cuit à une demi-heure de là. J'ai donc pris ma couverture et je me suis jeté dans un creux au pied d'un vieux chêne. J'y étais bien ; j'ai même dormi un instant et j'ai rêvé que je lisais Dante ; le fait est que nous étions dans l'*annosa selva, chè la diritta via era smarrita.* Enfin, à une heure quelconque, la pluie a cessé, le ciel s'est éclairci et la clarté des étoiles nous a permis de voir assez pour ne pas nous cogner contre les arbres ; nous avons trouvé alors le gué et sommes rentrés à Ortueri à onze heures, n'ayant rien mangé depuis douze heures bien comptées.

Cagliari, le 15 novembre 1873.

Le chemin de fer central qui doit réunir Cagliari à Sassari et Porto Torres est ouvert depuis un an de Cagliari à Oristano, avec un embranchement sur Iglesias. Oristano est un triste port de mer, bâti entre un vaste étang d'eau salée et l'interminable *Campidano* marécageux : c'est la localité la plus assujettie à la *malaria* de toute la Sardaigne. J'y ai dit adieu avant-hier, non sans regret, à mon petit cheval sarde, qui était vif comme le mercure et doux comme un agneau, et j'ai pris mon billet pour Cagliari, une distance de quatre-vingt-quatorze kilomètres. La ligne parcourt toujours la plaine absolue du *Campidano*, dont le sol riche commence par ici à être cultivé.

Nous longeons les vastes étangs

d'eau salée qui bordent la mer et dans lesquels le gibier d'eau foisonne d'une manière étonnante. A chaque gare, les paysans viennent offrir des canards sauvages pour 75 centimes la paire.

Ces prix vous donneront une idée du bon marché des denrées en Sardaigne, et cependant on ne cultive guère que le terrain nécessaire pour pourvoir aux besoins des habitants.

La Sardaigne, avec son sol fertile, son climat insulaire et son soleil méridional, presque africain, a tout ce qu'il faut pour produire les denrées les plus précieuses et les plus variées. La grande culture, les céréales, la pomme de terre, les légumineuses, la vigne, donnent les plus magnifiques produits; les plantes semi-tropicales, qui résistent à peine sur nos côtes méridionales, y portent des fruits excellents. Le palmier, le bananier y sont déjà, mais en petit nombre; le figuier de Barbarie couvre de ses grandes feuilles épineuses et charnues des collines entières ; ses fruits servent à la nourriture des porcs. La canne à sucre, le café, le coton, sont des cultures qu'on pourrait introduire et qui ne manqueraient pas de réussir.

La flore de la Sardaigne,—comme, d'ailleurs, cela arrive généralement dans les îles, — est peu variée.

Les plantes herbacées couvrent le sol d'un tapis de verdure ou de fleurs, selon la saison ; mais si on y regarde de près, on est frappé de ne plus rencontrer un grand nombre des espèces qui abondent sur le continent, à latitude égale, et cela sans qu'elles soient représentées par des espèces nouvelles.

Cette pauvreté des espèces, jointe à l'abondance des individus, est encore plus remarquable parmi les plantes lignacées et les arbres de haute futaie. Les chênes-rouvres, le chêne-vert et le chêne-liége *(quercus robur, ballota, ilex* et *suber)* forment à eux seuls, avec quelques hêtres et quelques châtaigniers, toutes les vastes forêts qui revêtent les montagnes de l'Est. Parmi les arbustes qui couvrent les coteaux, il n'y a guère que le houx, l'arbousier, le palmiste, le myrte et le lentisque. La famille des conifères, si répandue en Corse, n'est presque pas représentée en Sardaigne. L'olivier sauvage ou olivâtre croît spontanément partout, mais la plante n'est pas indigène; elle n'est là que pour nous rappeler les champs cultivés d'autrefois.

La faune de l'ile, à l'exception des oiseaux, n'est pas plus riche que sa flore; le sanglier, le cerf, le mouflon, le renard sont les seuls animaux d'une certaine taille; le lièvre et le lapin sont assez communs, mais le loup est inconnu.

Le gibier à plume, les faucons et les petits oiseaux de toute espèce, de passage ou nichant dans le pays, existent dans des quantités dont il est difficile de donner une idée. Dans les forêts du Ginnargentu, vers le *Rio de perdas fittas*, j'ai vu les pigeons ramiers s'élever dans des volées qui interceptaient les rayons du soleil comme un nuage.

Sassari et Cagliari sont deux villes rivales qui se sont longtemps disputé la palme, comme capitales de l'ile.

Cette rivalité, disparue comme aspiration politique aujourd'hui, persiste sous la forme d'une certaine jalousie sociale entre *Calaritani* et *Sassaritani*, et a laissé surtout ses traces dans l'aspect et les usages des deux villes.

Sassari est plus gai, entouré de collines riantes et cultivées; la construction de la ville et l'architecture des monuments publics rappellent plutôt les provinces méridionales de l'Italie ou la Sicile. Cagliari, au contraire, posé hardiment sur le flanc escarpé d'une colline et baignant ses pieds dans les eaux de son immense golfe, avec ses rues tortueuses et à pente rapide, ses maisons à couleurs vives et variées, où chaque fenêtre a son balcon à balustrade de fonte richement travaillée, Cagliari présente un caractère plutôt espagnol qui rappelle la domination des rois d'Aragon.

Le bateau à vapeur postal part demain soir pour Livourne, et je compte quitter à son bord cette île où le passé est si riche de souvenirs émouvants, et où l'avenir ne le serait pas moins de prospérité agricole et industrielle, si seulement un souffle assainissant pouvait s'abattre sur ces plaines marécageuses, dont la végétation luxuriante est une invitation en même temps qu'un reproche au laboureur ; si seulement la vie et l'activité pouvaient pénétrer dans ces vallées silencieuses où l'écho de la hache du bûcheron, entendu de loin en loin, semble appeler d'autres travailleurs à l'ouvrage ; si seulement l'esprit entreprenant du progrès moderne pouvait s'emparer de ce peuple intelligent et sympathique, mais dont l'énergie est sucée par le vampire de la *malaria*, dont les enfants sont moissonnés par la faux impitoyable de la fièvre des marais.

NICE. — Typographie V.-Eugène GAUTHIER et Compagnie

Descente de la Caserne, 1